☀︎ 7/25

나의 꿈에서는
향기가 난다.

목차

봄에 남겨진 우정 반지 - 5

나의 꿈에서는 향기가 난다 - 15

일기 - 29

썩은 동아줄 - 49

아름다운 엘리베이터 - 69

작가의 말 - 79

닫는 글 - 90

봄에 남겨진

우정 반지

"오늘로써 15구의 시신이 토막 난 채 발견되었습니다. 모두 10대 여성이라는 점에서 범인의 잔혹한 수법을 ..."

세연이는 지혜 고등학교에 다니는 1학년 여학생이다. 9년 전, 세연이에게는 초등학교 1학년 때부터 학교가 끝나면 학교 앞 분식집으로 달려가 떡볶이를 먹고, 같은 영어학원에 다니고 아파트 옆 단지에 살며 같이 등하교도 할 만큼 늘 함께한 단짝인 소미가 있었다.
학교 앞에는 세연이와 소미를 늘 따뜻하게 반겨주시는 문방구 할머니가 계셨다.
시간이 지나 어느덧 고등학교 1학년이 된 소미가 세연이에게 전화로 "나 학교 앞 문방구에서 볼펜 좀 사고 있을게! 천천히 와."라고 말했다.
소미가 말한 문방구는 학교 앞 골목에 위치하였다. 겉모습이나 내부는 볼 품 없지만 문방구를 운영하시는 할머니가 그들을 예뻐해 줬기 때문에 그들은 항상 그 문방구로 달려갔다.

세연이가 문방구에 도착했을 때 소미가 보이지 않았다. "앤 어디 간 거야?"
그날은 유달리 할머니도 계시지 않았다. 세연이는 0.5B 샤프심을 고르고 문방구 안쪽에 볼펜이 있는 코너로 갔다. 코너 안쪽으로 돌자 매우 심한 악취가 나고 있었다.

그 악취는 청국장찌개 냄새와 매우 흡사하였다. 악취가 나는 쪽으로 가자 의문의 엘리베이터 한 대가 있었다. 그 엘리베이터는 'B1' 층을 가리키고 있었다.

세연이는 수 천 번 고민하였다. 작년에 문방구에서 볼펜을 떨어뜨렸다가 할머니가 불같이 화를 내서서 예민하신 성격이라고 생각했었기 때문에 괜히 내려갔다가 할머니의 미움을 살까 걱정이 되었고, 또 다른 걱정은 이 허름한 문방구에서 엘리베이터가 안전하게 작동되는 것인지에 대한 걱정이었다.

고민 끝에 호기심이 발동한 세연이는 본능적으로 소미가 엘리베이터를 탔을 수도 있겠다는 생각에 버튼을 눌러보았다. 순식간에 지하로 내려가 지하에 어떠한 공간이 있는 것을 알게 되었다.

그곳에서, 할머니와 소미를 볼 수 있었다. 하지만 곧 할머니의 겉모습으로는 도저히 들 수 없을 것 같이 보이는 망치를 손에 쥐고서 세연이의 반 친구인 단짝 소미의 머리를 무참히 쾅, 쾅, 쾅 내려찍는 모습을 볼 수 있었다. 그 순간 할머니의 범행을 본 세연이는 작년에 볼펜을 떨어뜨리고 할머니가 불같이 화낸 사건 이후로 할머니의 성격이 평범한 성격은 아니라고 생각하여 할머니에게 권했었던 사이코패스 테스트의 결과가 머릿속에 떠올랐다. 결과는

테스트 10문제 중 10문제를 모두 맞힌 사이코패스 결과로 나왔었다. 세연이는 할머니의 끔찍한 두 얼굴을 목격하게 되었다. 싸늘한 죽음으로 피눈물을 흘리는 소미와 세연이는 눈이 마주쳤다. 세연이는 소미의 눈을 보자 소미가 살아있는 사람의 눈이 아닌 것을 알아차렸다. 소미가 죽은 자라고 생각했던 이유는 세연이가 초등학교 5학년 가을, 집에서 자신의 친할머니가 싸늘하게 죽은 것을 목격하였기 때문이다. 세연이는 자신의 앞에서 친구가 죽어가는 모습을 처음으로 목격하게 되어 그 무엇도 할 수 없어 엘리베이터 안에 있는 작은 창문으로 할머니의 범행을 두 눈으로 더 이상 볼 수 없었다.

 할머니 몰래 재빨리 1층으로 올라가려고 버튼을 누르려고 하자 다리가 떨려서 풀썩 주저앉음과 동시에 그만, 아까 고른 샤프심을 떨어뜨리고 말았다.

"툭"하는 소리에 할머니는 점점 엘리베이터로 가까이 다가오고 있었다. "문이 열립니다" 소리를 듣고 세연이는 문이 열림과 동시에 코와 입을 막고 옆으로 피해 몸을 숨겼다.

"문이 닫힙니다." 엘리베이터 문이 닫히고 정적이 흐르자, 할머니는 작은 목소리로

"거기 누구야..?"라고 속삭이듯 말하며 엘리베이터 쪽으로 다가왔다. 할머니가 열림 버튼을 누르려고 했을 때,

세연이는 날렵한 운동신경으로 빠르게 왼쪽 발을 뒤로하여 오른쪽 팔을 앞으로 내밀어 할머니 눈에 샤프심을 꽂았다. 샤프심은 할머니 눈에 박혀 피가 튀겼다. 세연이의 생각은 벗어나지 않았다. 하지만 이내 자신의 행동에 놀라 바로 1층 버튼을 눌렀다. 비명과 함께 엘리베이터가 빠르게 1층으로 올라갔다.

 그 길로 세연이는 미친 듯이 죽기 살기로 뛰었다. 뒤에서는 희미하게 자신의 이름을 애타게 부르는 듯한 소미의 목소리가 들려왔지만 세연이는 애써 떨쳐버리려 노력했다. "저것은 환청일 거야. 이 모든 것은 꿈이어야만 해."라며 생각하고 이 모든 상황이 지난여름 방학 때에 보았던 공포 영화라고 생각하고 싶었다.

 그날 이후 세연이의 단짝이었던 소미는 학교에 나오지 않았다. 소미의 실종에 온갖 추측들이 난무했지만, 정답을 알고 있는 사람은 단 두 사람뿐이었다. 세연이와 할머니.

 세연이는 소미의 억울한 죽음을 밝혀 살인자 할머니의 연쇄 범행을 막는 것이었고, 할머니는 자신의 한쪽 눈을 애꾸눈으로 만든 세연이를 잡아 죽이는 것을 계획한다.

 애꾸눈이 된 할머니를 동네 사람들은 모두 안쓰러워했다. 할머니는 아담한 체격에 근육은 살짝 있는 편이었다.

그래서인지 오른쪽 시력을 잃은 할머니를 살인마라고 생각하는 사람은 아무도 없었다. 방법은 하나뿐이었다. 세연이가 증거를 직접 모을 수밖에 없었다. 세연이가 2주 동안 할머니를 관찰한 결과, 할머니는 시력이 급격히 나빠져, 문방구 문을 잘 잠그지 않았다. 그리고 할머니는 매주 월요일 오후 4시 반부터 5시 반까지 안과에 간다는 것을 알아냈다. 세연이는 그 틈을 이용해 증거를 모을 작정이었다.

돌아오는 월요일. 세연이는 만약을 위해 호신용을 챙겼다. 후추 스프레이, 핸드폰, 과도를 주머니 안에 넣었다. 현 시각 4시 반 문방구 틈 사이로 할머니가 보이지 않는다. 안심하며 세연이는 조심스레 문방구 안으로 들어갔다. 볼펜 코너가 보였다. 엘리베이터 한 대가 이번에는 1층에 멈춰져 있었다. 세연이는 증거를 빠르게 모으고 싶은 마음에 버튼을 눌렀다.

그 순간이었다. 세연이가 엘리베이터를 작동시키자 할머니가 미리 설치해 두었던 함정이
" 띵띵띵띵띵 " 가게 안에서 울려 퍼지기 시작했다.
뒤에서 밧줄로 누군가 세연이의 목을 휘감았다. " 걸려들었다, 네년이구나? " 고통스럽게 신음하며 울부짖는 세연이를 할머니가 지하 1층으로 데려갔다. 세연이는 할머니가 등을 돌린 틈에 주머니 속에 있는 과도로 빠르게 밧줄

을 제거한 후 조용히 일어나 후추 스프레이로 할머니 눈에 뿌렸다. 비명과 함께 할머니의 두 눈이 멀어졌다. 앞을 못 보는 할머니는
"어딨어? 어딨어?! 어딨냐고!!!" 하며 발을 동동 굴렸다. 그 틈을 타 세연이는 핸드폰을 들고 제일 악취가 심한 방으로 가보았다. 문을 열자 세연이는 충격에 빠져 구역질이 나왔다. 사람의 머리만 잘라놓아 화장품을 발라놓은 상태였고, 잘라놓은 팔은 하트 모양을 하고 있었다. 뉴스에서 보도되었던 사건들을 실제로 보니 훨씬 충격적이었다. 옆에는
'나의 아름다운 보석함'이라고 적힌 반짝이는 사각형 상자를 열어 보았을 때, 세연이는 한 번 더 구역질이 날 수밖에 없었다. 귀걸이가 달린 잘린 귀들과 반지가 껴진 잘린 손가락들이 담겨 있었기 때문이다. 증거를 수집한 세연이는 빠르게 방을 나와 옆방으로 가보았다. 문 앞에는
'캐리어'라고 쓰여있었다. 세연이는 마음을 다잡고 심호흡을 하며 문을 열었다. 그곳에는 싸늘한 주검으로 발견된 소미의 토막 난 시체가 캐리어 안에 놓여있었다. 저 토막 난 시체가 소미라는 것을 믿고 싶지 않았으나 최근에 이문방구에서 맞춘 우정 반지가 토막 난 손가락에서 세연이를 향해 빛을 내고 있었기 때문이다. 세연이는 살면서 처음 느껴보는 감정들을 동시에 느꼈다. 친구가 잔혹하게

살해되었다는 슬픔과 허무함, 살인자 할머니에 대한 분노와 역겨움, 친구를 구하지 못했다는 죄책감과 미안함.

세연이는 더 이상 자신이 예전으로 돌아갈 수 없음을 깨달았다. 떨리는 손을 붙잡고 세연이는 눈물을 흘리며 핸드폰으로 사진을 촬영하여 증거들을 수집해 나갔다.

드디어 마지막 방이다. 문 앞에는 '부엌'이라고 쓰여있었다. 문을 열기 전에 느껴져 지는 청국장찌개 냄새가 미친 듯이 나고 있었다. 세연이가 문방구 1층에서 맡았던 냄새와 유사하였다. 냄새가 매우 심해 코를 막고 들어가는 수밖에 없었다. 문을 열고 들어가자 세연이는 처음 보는 광경에 놀라고 말았다. 높이가 2M 10CM는 되어 보이는 냉장고 다섯 개가 나란히 있었다. 할머니가 예전에 전기세가 많이 나온다고 했던 말이 이제야 이해가 되었다. 모든 것을 겪은 세연이는 더 이상 겁이 나지 않았다. 냉장고 문을 열자 검은색 비닐봉지가 쏟아져 나왔다. 한 비닐봉지가 터져 안에 있는 내용물을 볼 수밖에 없었다.

그것은 토막 난 시체들이었다. 간, 위, 대장, 소장을 각각 분리해서 냉동시켜 놓은 것이었다.

세연이는 무미건조한 표정으로 증거를 수집했다. 이제 그녀에게 시체의 토막 같은 것은 충격을 줄 만큼 큰일이 아니었다. 세연이는 모든 증거를 수집하고 눈이 안 보이는 할머니를 뒤로한 채 엘리베이터를 타고 미친 듯이 마을 경찰서를 향해 뛰어갔다.

"오늘 오후 6시 19분 서울의 한 학교 앞 문방구에서 총 16구의 토막 난 시신이 발견되었습니다. 범인은 문방구 주인 여든한 살 할머니로 밝혀졌으며, 고등학생 A 양의 증거로 잡을 수 있었습니다. 지난 15명의 시체를 토막 해 유기한 연쇄 살인자 역시 문방구 할머니로 밝혀지면서 충격을 금하지 못하고 있습니다. 더 이상의 연쇄 살인을 막은 A 양의 용기에 많은 시민들이 박수를 보내고 있습니다. 지금까지 CJH 최지현 기자였습니다."

범인은 잡혔고 봄은 돌아올 것이고, 세연이의 봄은 소미와 함께했던 그 계절 속에 멈춰있을 것이다. 한 해 한 해 나이 먹는 세연이가 매년 봄 열입곱살 소미를 찾아온다.

봄에 남겨진 우정 반지

향기가 난다
나의 꿈에서는

매미의 습한 울음소리가 귓가를 찌르던 때였다. 나는 여름을 싫어했다. 매미가 시끄럽게 울어대는 소리와 부모님이 나를 향해 던지는 폭언이 섞인 소음을 들으면 머리가 곧 터져버릴 것처럼 울렸기 때문이다. 나는 두 귀를 막으며 집 밖으로 뛰쳐나와 갈 곳을 찾아 헤맸다. 속에서부터 끓어오르는 설움이 쏟아지기 직전, 발견했다. 낡은 건물과 먼지가 잔뜩 쌓인 엘리베이터를.

 나는 곧장 그 엘리베이터의 버튼을 눌렀다. 손을 떼고 보니 누른 흔적이 그대로 남아 있을 만큼 오랜 세월 동안 아무도 찾지 않은 엘리베이터였다. 그 안에 들어가니 더운 날씨인데도 불구하고 찬 공기가 감돌았다. 다른 사람이었다면 공포를 느꼈을 만한 이 엘리베이터가, 나에게는 특별한 아지트처럼 느껴졌다. 이후에도 위로를 받고 싶을 때면 이 엘리베이터를 찾아왔다. 오늘 있었던 힘든 일들을 털어놓거나 기뻤던 일, 신기했던 일들을 이 엘리베이터에게 들려주곤 했다. 이렇게 하면 마음이 한결 가벼워지는 기분이 들었다.

 나에게는 기면증이 있다. 그러나 이 사실을 부모님께 밝히면 안 좋은 말들을 들을 게 분명하기 때문에 말하지 않고 있었다. 평소와 같이 학교가 끝나고 엘리베이터로 향해 오늘 있었던 일들을 말해주고 있을 때, 옆으로 픽 쓰러지며 잠에 들고 말았다. 이때 묘한 꿈을 꾸었다. 정체불명의 남자가 꿈에 나와 나에게 다정하게 말을 걸고 꿈에서 깨고 싶지 않을 만큼 행복하게 만들어 주었다.
 남자가 나에게 말했다. 꿈에서는 무엇이든 다 할 수 있으니 하고 싶은 게 있다면 말해달라고. 나는 곧바로 대답했다.

"펑펑 내리는 눈이 보고 싶어."
"겨울 좋아해?"
"응. 그리고 감동적이잖아. 여름에 내리는 눈을 볼 수 있는 건 나뿐이니까."

 그러자 꿈보다 더 꿈같은 상황이 펼쳐졌다. 쨍쨍하게 빛나는 햇빛 아래에서 새하얀 눈이 펑펑 내리는 것이다. 곧이어 초록빛을 내뿜던 나무가 새하얗게 뒤덮였다. 나는 이 광경을 한참 동안 바라보고 있었다. 눈을 뗄 수 없을 만큼 아름다웠다. 이런 나를 보며 그가 말했다.

"크리스마스도 좋아해?"
"좋아해. 크리스마스에만 느낄 수 있는 분위기가 좋아."
 남자는 고개를 끄덕이며 대답했다. 그렇구나. 그러자 눈앞에 입이 쩍 벌어질 만큼 커다란 트리가 생겼다. 눈을 감으면 잔상이 떠다닐 정도로 반짝이는 트리였다. 마치 수놓인 별이 반짝이는 밤하늘과 같았다. 트리에 송골송골 맺힌 눈송이는 나의 감정을 고조시켰다. 나는 잔뜩 신이 난 어투로 말했다.

"이렇게 근사한 트리는 처음 봐."
그는 내 쪽을 보고 웃으며 물었다.
"행복해?"
나 또한 웃으며 대답했다.
"행복해. 평생 기억하고 싶을 만큼."
"기억해둬. 7월 25일은 우리의 크리스마스야."

그의 말을 듣자 괜히 눈물이 나올 것 같았다. 오랜만에 느껴보는 행복이기에 감정을 주체할 수 없었다. 흐르기 직전인 눈물을 삼켜내며 말했다.

"너는 누구야?"

그저 꿈속 인물일 뿐인데도 스쳐가는 사람인 것 같지 않았다. 나에게 큰 도움이 되어줄 사람일 거라는 생각이 들었다. 그 남자는 내 말을 듣고 다정한 웃음을 보여주며 이렇게 말했다.

"다음에 또 보자."

 이 말을 끝으로 눈이 팍 떠지며 잠에서 깼다. 여전히 낡고 고요한 엘리베이터인데도 완전히 다른 분위기였다. 마치 남들이 말하는 집과 같았다. 내가 기댈 수 있는 곳처럼 느껴졌다.
 매일같이 이 엘리베이터에서 잠에 들고 그 남자를 만나며 알아낸 두 가지 사실이 있다. 첫 번째는, 다른 곳에서 잠에 들면 이 남자는 나타나지 않는다. 아예 꿈을 꾸지 않거나 엉뚱한 꿈을 꾼다. 그러나 엘리베이터에서 잠에 들면 꼭 그 남자가 나타나 나를 행복하게 만들어 주었다. 두 번째는, 내가 그 남자를 사랑하게 된 것이다. 어느 날 이런 생각을 해보았다. 꿈속에 나오는 이 사람이 없었다면 나는 어땠을까. 지금까지도 스스로를 불행하다고 생각하고 깎아내리기 바빴지 않았을까. 그러나 이 사람이 존재하는 지금은 다르다. 아무리 꿈속 인물일 뿐이더라도 그는 나에게 위로가 되는 존재였다. 이제는 엄마에게 심한 말을 들어도, 아빠에게 뺨을 맞아도 이 사람이 나를 사랑해 줄 거라는 생각에 마음을 더욱 단단히 먹을 수 있게 되었다. 나는 이 사실을 깨달은 후 그 남자를 다시 만났을 때 말해주었다.

"궁금한 게 있어."
"응. 뭔데?
"이름이 뭐야?"
"그건 나중에 알려줄게. 너 먼저 알려줘."
"서린. 외자 이름이야."
"그렇구나. 내 이름이 갑자기 왜 궁금했어?"

나는 입술을 잘근잘근 씹으며 어떻게 대답해야 할지 고민했다. 한동안 대답이 없자 남자가 먼저 입을 열기 전, 대답했다.

"사랑하게 된 것 같아서."

대답을 던지자 곧바로 꿈에서 깼다. 남자의 얼굴이 여전히 아른거렸다.
부모님께 기면증이 있다는 사실을 들켰다. 학교에서 체육 수업을 받다가 눈이 서서히 감기더니 쓰러져 잠들어 버렸다. 선생님이 발견하시고는 구급차를 불렀다고 하는데, 병원에서 몸에 아무 이상이 없으며 잠든 상태라고 전달한 듯하다.

부모님은 유독 깔끔한 것을 좋아했다. 자신의 이미지까지도. 그렇기 때문에 부모님의 자식인 나 또한 모자란 것 하나 없는 완벽한 사람이어야 했다. 그런 내가 보는 눈이 많은 곳에서 자주 쓰러진다는 것은, 병에 대해 잘 알지 못하는 부모님 입장에서는 커다란 흠집으로 느껴졌을 것이다. 아빠는 한숨을 크게 내쉬며 나에게 말했다.

"당분간 집 밖에 나갈 생각 하지 마라."
 그러자 엄마도 덩달아 입을 열었다.
"밤에 잠을 안 자니까 밖에서 자고 그러는 거 아니니? 당분간은 나갈 생각 말고 엄마 아빠 감시 하에 있어라. 소문이라도 나면 어쩌려고 밖에서 자니."
 나는 답답한 마음에 눈을 세게 감았다 뜬 후 대답했다.
"나가야 돼. 만나야 할 사람이 있어."
 아빠는 말을 다 끝마치기도 전에 손을 올렸다. 곧이어 내 고개가 세게 돌아갔다. 얼얼하다 못해 아려가는 뺨을 잡으며 눈물을 참으려 애썼다.
"쪽팔리게 하지 마."
 아빠가 말했다. 이 모든 것이 예상했던 반응이었다.

 부모님의 통제로 집 밖에 나가지 못한 지 일주일째 되는 날이다. 그 남자를 만나지 못해 답답한 마음에 매일을 눈물에 젖어 살아왔다. 삶의 낙이 사라진 나는 내 일상에 웃음을 안겨줄 만한 또 다른 낙을 찾으려 애썼지만 결국 실패했다. 나는 체념했다. 이게 내 운명인 것이다. 나쁜 부모를 만나 불행하게 살아야만 하는 운명.

집 밖에 나가지 못한 지 이 주째 되는 날이다. 목에 뭐가 걸린 것처럼 숨이 턱 막혔다. 꼭 그 남자를 만나야만 숨을 쉴 수 있을 것 같은 기분이 들었다. 부모님이 잠시 집에 없는 틈을 타 발에 맞지도 않는 슬리퍼를 질질 끌며 밖에 나왔다. 뒷감당이 힘들 걸 알면서도 그 남자가 필요했다. 그를 빨리 만나고 싶다는 생각에 점점 더 걸음이 빨라졌다. 결국 뛰기 시작해 엘리베이터 앞에 도착했다. 나는 더운 숨을 뱉으며 떨리는 손으로 엘리베이터의 문을 열어 안에 들어갔다. 그동안 있었던 서러운 일들, 그동안 이곳에 오지 못했던 이유들을 털어놓다보니 어느새 잠들었다.

나의 꿈에서는 향기가 난다. 뭐라 형용할 수 없는 향이었다. 꽃의 향기인 것 같기도, 비누의 향기인 것 같기도 한 기분 좋은 향이 꿈을 꾸는 내내 잔뜩 퍼졌다. 이번 꿈에서는 이 향이 유독 심하게 났다. 평소와는 확연히 다른 꿈이었다. 향기 말고도 다른 점이 한 가지 더 있었다. 모든 것이 아무것도 보이지 않을 만큼 짙은 어둠이었다. 나는 마음이 급해져 그를 찾기 위해 어둠 속을 헤맸다. 이름도 알고 있지 않기에 어떻게 해야 할지 몰라 눈물이 나오려 했다. 그때 그의 목소리가 들렸다.

"보고 싶었어."

그러나 목소리만 들리고 그의 형태는 보이지 않았다. 나는 그를 찾는 것을 포기하고 대답했다.
"그동안 못 와서 미안해."
"오늘이 마지막이야. 우리가 만날 수 있는 거."
심장이 추락하는 기분이었다. 결국 다리에 힘이 풀려 주저앉았다.

"이유가 뭔지 물어봐도 돼?"
"네가 보고 싶어서."
"내가 보고 싶어서?"

그의 목소리가 떨렸다. 형태가 보이지 않아도 어떤 표정을 하고 있는지 알 수 있었다. 그는 숨을 크게 내쉰 후 다시 말을 이어갔다.

"다시 말하자면, 너를 사랑해서."

나는 아무 말도 할 수 없었다. 심장이 뛰는 소리가 내 귀까지 들릴 정도로 빠르게 뛰었다. 이때 눈앞에 펼쳐진 어둠이 서서히 걷어지며 그리워했던 그의 얼굴이 보였다. 그는 많은 것을 말해주었다. 그가 사는 곳에서는 사람을 사랑하는 게 죄라는 것부터 언제 어떻게 나에게 왔고 언제 나를 사랑하게 된 건지 전부 다. 그는 나의 내면을 치료해주기 위해 내 꿈에 나타난 것이라고 했다. 그리고 마지막으로 전해준 말이 있다.

"다음에 또 보자."
나는 똑똑히 기억한다. 내가 그와 처음 만났을 때 꿈에서 깨기 전 들었던 대답이다. 그는 이 말을 끝으로 안개처럼 서서히 사라졌다.
내가 꿈에서 깼을 때는 엘리베이터 안이 아닌 집이었다. 멈출 줄 모르는 것처럼 흐르는 눈물을 닦으려 할 때, 손바닥에 무언가 적힌 글씨가 시선에 걸렸다.

시온

그가 남긴 마지막 인사였다.

3년 후, 나는 힘들 때마다 그 남자를 떠올리며 악착같이 공부해 희망했던 대학교에 진학하는 것에 성공했다. 본가와 거리가 멀기 때문에 기숙사에서 살게 되어 부모님으로부터 독립하는 것 또한 성공할 수 있었다. 알바를 하며 내가 직접 돈을 벌기도 하고, 대학교 수업을 통해 내 꿈에 한 발짝 더 다가가며 내가 살고 싶던 삶을 살고 있다.

 평소와 같이 알바가 끝난 후, 지하철을 타러 가는 길에 익숙한 얼굴이 내 앞을 스쳐갔다. 몇 년 전 내 꿈에 나왔던 그의 얼굴과 너무나 닮아 있었다. 나는 혹시 모른다는 미련한 생각에 홀린 듯이 그의 뒤를 따랐다. 그러나 내가 잠시 한 눈을 판 사이에 그는 흔적도 없이 사라져 있었다. 머리카락 한 올조차 보이지 않아 '그 남자가 그리워서 잘못 봤나보다.' 하고 포기하려 뒤를 돌았을 때, 익숙한 향기가 훅 풍겼다. 꽃의 향기인 것 같기도 비누의 향기인 것 같기도 한 기분 좋은 향이 코를 찔렀다. 나는 다급하게 그 향기가 퍼지는 곳을 쫓아갔다. 이 향기를 오랜만에 맡으니 괜히 울컥하는 기분이 들어 남몰래 눈물을 훔치기도 했다. 향기를 따라 끝없이 걷다 보니 익숙한 건물이 보였다. 여전히 낡은 건물, 그리고 먼지가 잔뜩 쌓여있는 엘리베이터. 분명히 이 엘리베이터 안에서 그의 향기가 난다. 나는 급하게 그 엘리베이터의 버튼을 눌러 문을 열었다. 눈이 부실 정도로 밝은 빛이 번졌다. 눈을 제대로 뜨고 있기 힘들어 인상을 찌푸린 채로 있을 때, 눈앞이 서서히 선명해지며 사람의 형태가 드러나기 시작했다. 겨우 눈을 완전히 떴을 때 내 앞에는 그토록 만나고 싶던 그가 있었다. 내가 놀란 표정을 숨기지 못 한 채로 서있자 그가 고개를 들어 나와 눈을 마주쳤다. 그가 맞다. 내가 그리워했던, 꿈에서는 사라져도 가슴 한 편에 영원토록 남아 있던 시온이 맞다. 시온은 웃고 있지만 곧 울 것 같은 표정을 짓고 있었다. 우리는 잠시 눈을 마주치다 동시에 서로의 이름을 불렀다.

"시온."
"서린."

마치 꿈을 꾸고 있는 기분이었다. 우리는 서로가 닳아 없어질 정도로 꽉 껴안았다. 그의 체온을 느끼며 많은 생각을 했다. 그를 만나 좋으면서도 또다시 내 곁을 떠날 것 같은 불안감이 문득 들었다. 시온은 내 속마음을 읽기라도 한 건지 먼저 입을 뗐다.

"이제 어디 안 가. 계속 여기에 있을 거야."
나는 고개를 끄덕이며 말했다.

"나 지금 꿈꾸고 있는 거 아니지."
 그러자 시온은 웃음을 터트리며 대답했다.
"꿈 아니야. 우리 이제 꿈 아니어도 만날 수 있어."
 그제야 실감이 났다. 시온과 평범한 사람들처럼 평범한 사랑을 할 수 있는 날이 온 것이다. 시온도 나와 같은 생각을 하는 듯했다. 시온은 자신의 눈에 나를 담으며 말했다.

"기억나? 오늘 7월 25일이야."

 나는 시온의 눈동자에 내가 담긴 것을 보며 대답했다.

"기억나. 우리의 크리스마스."

 여전히 울어대는 매미의 울음소리가 노래처럼 들리는 여름이었다.

나의 꿈에서는 향기가 난다

일기

4월 1일(월)

 오늘도 14층에 사는 남자와 엘리베이터에서 만났다. 항상 비슷한 시간 때에 그 남자를 본다. 나도 좀 빨리 나가는 편인데 그 남자도 나만큼이나 부지런한 것 같다. 하루 종일 그 남자가 신경 쓰였다.

4월 3일(수)

 오늘도 엘리베이터에서 남자를 만났다. 12월쯤에 남자가 우리 아파트로 이사오고 나서부터 매일 아침 엘리베이터에서 마주친다. 자주 보니까 신경이 쓰이는 것 같다.

4월 5일 (금)

 내일 이지은과 약속이 있다. 막상 나갈 생각을 하니 좀 귀찮다. 집에 있고 싶다.

4월 6일(토)

 폰하다 보니 귀찮아서 1시간 전에 약속을 깼다. 근데 이지은도 귀찮았는지 바로 다음에 만나자고 답장이 왔다. 그래서 오늘은 그냥 집에서 편하게 쉬었다.

4월 8일(월)

 비가 와서 회사 근처에서 김치전과 막걸리를 먹었다. 비를 좋아하진 않는데 오늘은 이상하게 바로 집으로 가고 싶지 않았다. 날씨 때문인지 술은 3잔 이상 마시지 않는 내가 오늘 한 병을 다 마셨다. 생각보다 술이 센 것 같네. 한 병을 다 마셔서 약간 알딸딸한 느낌으로 엘리베이터를 기다리는데 14층 남자를 만났다. 아침에 엘리베이터에서만 봤는데 처음으로 아침이 아닌 다른 시간에 만났다. 쓰레기를 버리러 왔는지 머리도 내려와 있고 옷도 편한 옷이었다. 뭔가 그 사람에 몰랐던 면을 본 것 같아 좋았다.

4월 10일(수)
 오늘은 TV에서 토마토 파스타 레시피가 나와서 만들어 먹었다. 분명 TV에서 볼 때는 맛있어 보였는데 이상하게 내가 직접 요리하면 TV에서 본 정도로 맛있어 보이지도 않고 맛도 그저 그렇다. 짜증 나ㅜㅜ

4월 11일(목)
 일이 남아 있었지만 회사에 있기가 너무 싫어 일찍 퇴근하고 와서 치킨을 먹었다. 자기 전에 분명 안할 일이 떠올라서 잠을 못자겠지만 지금 당장은 귀찮아서 하고 싶지 않다.

4월 14일(일)

 이제 제법 벚꽃이 피었다. 따뜻하고 봄에 특유에 포근한 날씨가 나를 나오라고 부르는 것 같았다. 나가기에 정말 정말 좋은 날씨지만 침대에 누워서 살짝 열어둔 창문 사이로 살랑살랑 불어오는 바람을 맞으며 낮잠을 자고 싶은 날이었다. 그래서 그냥 집에서 날씨를 감상했다.

4월 16일(화)

 오늘 늦잠을 잤다. 회사에 늦을 정도로 늦잠을 잔 것은 아니었지만 평소에 비하면 늦게 일어났다. 급하게 나오느라 물건을 대충 손에 들고 타서 가방에 넣다가 떨어뜨렸다. 평소보다 늦게 나와서 남자를 못 만날 줄 알았는데 엘리베이터가 14층에 멈추더니 남자가 탔다. 남자가 조용히 내 물건을 주워줬다. 순간 진짜 뭐지 싶었다. 분명 평소라면 마주치지 못하는 시간인데 이상했다. 설마 나 기다렸나? 아니 너무 오바다. 우연이겠지

4월 17일(수)

 14층 남자가 갑자기 말을 걸었다. 출근하는 거냐고 물어서 그렇다고 했다. 당황해서 너무 딱딱하게 말했는데도 얘기를 계속하길래 뭐지 싶었다. 그리고 내리기 전에 앞으로 인사해도 되냐고까지 물었다. 말걸고 싶었던게 보였

나?

4월 18일(목)
 그 남자가 인사를 나한테 했다. 어제 진짜 잠깐 얘기한게 전부인데 나한테 진짜 인사를 할줄 몰랐다.

4월 19일(금)
 그 남자가 이름을 물어봤다. 그 남자의 이름은 도재형이다. 이름도 잘생겼다 하 얼굴도 이름도 너무 내 스타일인데 벌써 좋아하는 건 너무 금사빠같다.

4월 22일(월)
 도재형이 이름을 불러주면서 인사를 했다. 속에서는 소리를 질렀지만 겉으로는 아무렇지 않은 척을 했다. 내일은 먼저 인사해야지 꼭.

4월 23일(화)
 오늘 도재형이 음료수를 줬다. 주면서 인스타 아이디를 알려줄 수 있냐고 물어봐서 알려줬다. 되게 적극적인 것 같다. 점심시간에 밥을 먹고 시간이 남아서 커피를 마시며 인스타를 염탐했다. 보다가 실수로 하트를 눌러버렸다. 다시 생각해도 너무 쪽팔린다. 그래 뭐 하트 누르면

어때 그 사람도 나랑 친해지려고 인스타 맞팔하고 그런 건데

4월 24일(수)
 도재형의 인스타를 보다가 디엠이 왔다. 처음에는 놀라서 폰을 던졌다. 오랜만에 연애 감정으로 남자와 연락해서 긴장이 됐다. 그래도 나름 대화를 잘 이어나간 것 같다. 조금 많이 설레는 하루였다. 내일도 연락하겠지?

4월 26일(금)
 이지은한테 그 남자 이야기를 해줬다. 얘기를 듣고 나보다 이지은이 더 신나서 난리를 쳤다. 이지은이 좋으면 표현을 좀 하라는데 그랬다가 그 사람이 나랑 같은 감정이 아니면 어쩌나 하는 생각 때문에 그렇게 하는게 어렵다. 나만 그 사람 좋아하는 거면 너무 민망하잖아!

4월 27일(토)
 도재형이 날씨가 좋으니 같이 산책을 하자고 연락이 왔다. 약속도 딱히 없고 심심하기도 해서 같이 산책을 했다. 산책을 하다보니 같이 늦은 점심을 먹게 됐다. 밥을 먹으며 도재형과 이야기를 나눴는데 나이는 나랑 동갑이고 누나 한명이 있다고 했다. 앞으로 이렇게 종종 만날 수 있냐

고 물어봤다. 나도 나쁘지 않아 좋다고 했다. 이 남자 나에게 관심이 있는 것 같다. 나도 관심이 있는 것 같다.

4월 28일(일)
날씨가 좋아서 가구 자리를 바꾸고 세탁기도 돌리고 대청소를 했다. 청소가 끝나고 이불에 누우니 포근한 새 이불 냄새가 좋아서 잠들뻔 했다. 위험했어

4월 29일(월)
월요일이라 피곤해서 빨리 집에 가서 자려고 했는데 은근히 나를 괴롭히는 망할 팀장이 일을 시켰다. 거절할 수 있었는데 거절하기에 눈치가 보여서 결국 야근까지 했다. 아 말할 수 있었는데 거절하지 않은 내가 너무 답답하고 짜증난다. 고구마 100개를 먹은 느낌이다. 나도 내가 이렇게 답답한데 남들이 보기에도 답답하겠지..

5월 5일 어린이날 (일)
 오늘은 어린이날이라 분명 밖에 나가면 아이들이 많을 것 같아 하루 종일 집에 있었다. 집에서 좋아하는 드라마를 다시 봤다. 하루만에 5편을 봤다. 다음주까지 다 봐야징

5월 7일(화)
 도재형을 오랜만에 만났다. 도재형은 오랜만에 만나 반가운지 밝은 얼굴로 인사를 했다. 큰 강아지 같아서 귀여웠다.

5월 9일(목)
 출근하면서 노래를 들었는데 추천곡으로 내가 찾던 곡이 나왔다. 아침부터 느낌이 좋은 것 같다.
 적재-너나 나나

5월 10일(금)
 지은이를 만나 수다를 떨었다. 지은이와 중학교 때 이야기도 하고 중학교 친구들에 근황을 얘기하다 보니 12시가 넘었다. 그래서 2차는 우리 집으로 갔다. 이지은만 만나면 해 뜨는걸 보는 것 같다. 애랑 만나면 재밌는데 만나고 나

면 피곤하다

5월 13일(월)
아침에 버스 놓치고 에어팟 떨어뜨리고 길가다가 넘어질 뻔 하고 되는게 없는 하루였다.

5월 14일(화)
오늘은 점심에 회사 동료와 회사 근처에 생긴 식당을 갔다. 처음 생긴 곳이라 딱히 기대를 하고 가지 않았는데 완전 맛집이었다. 다음에 도재형과 오고 싶다는 생각을 했다.

5월 15일(수)
아침에 도재형에게 금요일날 만나자고 했다. 도재형은 활짝 웃으며 좋다고 했다. 그 정도까지 좋아할 줄 몰랐는데 생각보다 반응이 더 좋아서 놀랐다. 이런 모습을 보면 진짜 연애가 너무 하고싶어진다.

5월 16일(목)
도재형과 금요일 6시 반에 홍대입구역 9번 출구에서 만나기로 했다. 내가 만나자고 하긴 했는데 내일 만날 것을 생각하니 걱정이 된다. 데이트라곤 안 했지만 거의 데이

트지 뭐

5월 17일(금)
 도재형과 일식을 먹고 근처 카페에서 수다를 떨다 집을 왔다. 카페에서 남자에게 동갑이니 말을 놓자고 했다. 말을 편하게 했을 뿐인데 더 설레는 것 같다. 또 번호도 서로 교환했다.
 집에 와서 씻고 나오고 보니 도재형에게 "잘 자"라고 카톡이 와있었다. 오늘은 진짜 잘 잘 수 있을 것 같다.

5월 19일(일)
 오늘은 하루종일 집에 있었다. 인스타를 보다가 짱구가 떠서 짱구 극장판을 보다가 코난 극장판도 봤다. 오랜만에 동심으로 돌아간 것 같았다.

5월 20일(월)
 오늘따라 아침에 일어나기 더 싫었다. 진짜 진짜 출근하기 싫었다.

5월 22일(수)
 재형이와 집으로 가는 버스에서 만나서 같이 집까지 걸어갔다. 벚꽃은 휘날리고 바람은 살랑살랑 불어오니 진짜 도재형을 좋아하게 될 수밖에 없는 분위기였다. 엄청 풋풋했다.

5월 23일(목)
 재형이를 좋아하는 것을 인정하니 아침에 인사하는 것만으로도 얼굴이 빨개진다. 아니 아침에 엘리베이터를 탈 때부터 심장이 쿵쾅쿵쾅 난리가 난다.

5월 24일(금)
 내일이면 금요일이고 금요일이 지나면 주말이다. 주말아 빨리 좀 와라

5월 26일(일)
 같은 아파트에 좋아하는 사람이 산다고 생각하니 밖에 나갈 때 잠옷바람으로 못 나가겠다. 쓰레기 한 번 버리러 나가는데 혹시나 만날까 별 생각을 다하며 얼굴에 톤업크림도 바르고 틴트도 좀 바르고 잠옷도 갈아입었다. 솔직히 쓸데없는 짓이긴 한데 짝사랑을 하면 어쩔 수 없다. 아니 좋아하는 사람인데 이뻐 보이고 싶지 당연히.

5월 28일(화)
 오늘은 회사에 나와서 보니 꽃집이 있길래 꽃을 샀다. 그

냥 무슨 날은 아니지만 나에게 꽃을 선물해주고 싶었다.

5월 30일(목)
 요즘 도재형과 퇴근길에 만나서 집에 같이 가고 있다. 얼굴을 볼 수 있어서 좋긴 한데 외모에 너무 신경 쓰느라 아침에 정신이 없다. 화장도 매일 하다 보니 피부가 뒤집어졌다.
 집에 와서 거울을 보니 화장도 떠있고 기름 때문에 안 이쁘게 번들번들거리고 모공도 전보다 넓어졌다. 쪽팔려..
파우더라고 좀 할걸..

6월 1일(토)

요즘 피부가 너어어무 상한 거 같아서 올영에서 팩을 사왔다.

먼저 깨끗하게 샤워를 하고 나온다. 촉촉하게 스킨을 바르고 촉촉한 팩을 해준다. 팩을 하는 동안 스트레칭과 운동을 한다. 또 앞으로 매일 운동을 하자는 다짐을 한다. 하지만 어차피 안 지킬 것이다. 15분이 지나면 팩을 떼어내고 스킨을 한 번 더 발라주고 앰플을 바라준다. 마지막으로 평소에는 잘 안 바르는 아이크림을 발라주면 끝. 이러고 자면 내일 피부 좋아서 화장 잘 먹겠지

6월 3일(월)

벌써 6월이 됐다. 요즘 회사에서는 시간이 너무 안 간다. 취업하면 한달, 3개월, 6개월, 9개월, 1년 이런식으로 나가고 싶어 진다던대 딱 지금인 것 같다.

6월 4일(화)

퇴사하고 싶다. 퇴사하고 싶다. 퇴사하고 싶어요 퇴사 시켜주세염!

아니 저녁에 일찍 자도 아침에 일어나기 힘든 건 왜 똑같을까? 진짜 어이없어

요즘 아침에 일어나기 더 싫어졌다. 그냥 모든게 다 귀찮

아

6월 6일(목)
 저녁을 먹고 도재형과 1시간 동안 전화를 했다. 회사 얘기와 최근에 친구들을 만났을 때 있었던 어이없는 일을 이야기 했다. 화를 내며 이야기하니 딱 내가 듣고 싶었던 말을 도재형이 해줬다.도재형은 얼굴도 잘생겼는데 말도 이쁘게 하고 내 마음을 너무 잘 알아준다. 더 욕심이 난다. 얘도 나를 좋아하는 게 맞겠지? 맞는 것 같은데 왜 아직도 고백을 안 하냐고 아직 너무 이른가?

6월 8일(토)
 집에 있는데 닭이 너무 당겨서 닭발이랑 주먹밥,계란찜을 시켜서 먹었다. 혼자 그걸 다 먹었더니 배부르니 기분이 좋았다. 다이어트는 개뿔ㅎㅎ

6월 11일(화)
 요즘 내가 도재형을 더 좋아하고 기다리는 것 같다. 아니 너무 친해져서 이젠 그냥 편한가? 편해서 마음이 식었나? 마음이 식을 만큼 친하진 않은데..
 도재형 얄미워 지가 먼저 관심 보이더만 뭐야!!

6월 12일(수)

 오늘 회사에서 사람들이 요즘 유행하는 심리테스트를 하길래 옆에서 보고 했는데 걱정이 많고 상처를 받을 것같으면 먼저 관계를 끊는 그런 사람이라고 나왔다. 근데 생각해보면 맞는 것같다. 항상 연애할 때나 인간 관계에서 바보가 되기 싫어서 쿨한 척 하고 내가 상처를 받을 것 같으면 먼저 관계를 끊어냈다. 내가 나쁜건가? 하는 생각이 들었다.

6월 13일(목)

 도재형이 기분이 안좋아보여서 달달한걸 주면서 물어봤는데 얘기를 안해줬다. 말 안해줄거 같긴했는데 그래도 걱정하는 사람 생각해서라도 대충 이런 일이 있어서 걱정이다 이런 말이라도 해주지. 자기 얘기는 진짜 안해..짜증나게

6월 14일(금)

 회사 동료와 회사 근처에 이쁜 카페를 찾아냈다. 저번에 갔던 새로 생긴 식당에서 점심을 먹고 산책을 하다가 이 카페를 찾았다. 인테리어도 이쁘고 내가 좋아하는 소금빵이 있어서 아주 마음에 들었다.

6월 16일(일)
 요즘 지출이 많은 것 같아서 가계부를 썼다. 이게 얼마나 갈지는 나도 모르지만 일단 열심히 써야지. 저번에도 가계부 쓴다하고 일주일 쓰다 안 썼지만 이번에는 그래도 일주일은 넘겨야지

6월 17일(월)
 오늘도 가계부를 썼다. 쓰는 걸 습관 들이는 게 어려운 거지 습관 들면 괜찮을 것이다. 아마도

6월 18일(화)
 도재형이 같이 저녁을 먹자고 해서 집 근처에 곱창집을 갔다. 뭐지 내가 곱창 좋아하는 건 어떻게 알고, 인스타에서 봤나? 며칠 전만 해도 도재형과 어색한 느낌이 있었는데 막상 같이 저녁도 먹고 이야기도 나누니 다시 편해졌다. 확실히 도재형은 사람을 편하게 만드는 것 같다.

6월 21일(금)
 퇴근을 하고 엄마를 만났다. 엄마와 오랜만에 데이트를 했다. 엄마가 아빠 저녁을 준비 안 했다고 가겠다고 해서 치킨을 사서 엄마와 같이 본가를 갔다. 부모님과 치킨을 먹으며 어렸을 때 이야기도 하고 직장 상사도 욕도 했다.

역시 부모님 집에 오니 마음이 편하다.

6월 23일(일)
 재형이가 만나자고 해서 한 듯 안한 듯 화장을 좀 해주고 신나서 나갔다. 같이 걷자고 해서 걷는데 재형이가 자기는 누구 인스타 따고 그런거 안 좋아하고 모르는 사람한테 밥 먹자하고 이러는게 내가 처음이라고 얘기했다. 그래서 뭐지 이거 고백인가? 하는데 진짜로 고백을 했다. 순간 멍해져서 걔가 뭐라고 고백했는지도 잘은 기억이 안나지만 내가 시간을 달라고 해서 알았다 하고 헤어졌다. 솔직히 지금도 놀란게 진정이 안된다. 후하후하 뭐라고 대답하지

6월 24일(월)
내일 할 일
-세탁소에 옷 맡기기
-올영가서 스킨패트 사기

6월 25일(화)
가계부를 쓴 지 일주일이 넘었다. 조금 많이 뿌듯하다. 이러다 부자 되겠네

6일 26일(수)
 점심을 먹고 인터넷 쇼핑을 하는데 엄청 귀여운 인형을 발견했다. 3시까지 살까 말까 고민을 하다가 그냥 질러버렸다. 다음 주쯤에 배송되겠다ㅎ..

6월 27일(목)
 재형이한테 뭐라고 대답해야 하지

6월 28일(금)
 고백 받아서 좋긴한데 대답을 못해서 마음이 불편하다. 그래서 이지은을 만나서 그냥 아무 생각없이 놀았다. 쇼핑도 하고 노래방도 가고 밤새 수다도 떨었더니 뭔가 대답할 용기가 생긴 것 같다.

6월 29일(토)
 고백 받은지 일주일이 다 되가는데 대답을 아직도 못했다. 나도 좋아하는데 대답 안 해서 안 좋아한다고 오해 하면 어쩌지

6월 30일(일)
 이것저것 신경을 많이 써서 요즘 밥 맛이 없어졌더니 살이 조금 빠진 것 같다. 가끔 이렇게 마음 고생하는 것도

나쁘지 않은 것 같다. 작정하고 살 빼려고 하면 잘 안빠지는데 이렇게 아무 생각 없이 굶으면 살이 좀 잘 빠진다. 이상해

7월 1일(월)
집에 들어가는 길에 도재형을 만났다.

일기

썩은 동아줄

3

가난이 싫다. 정확히는 가난의 범위를 벗어나지 못하는 내가. 시험공부를 조금만 더 했다면, 내가 조금만 더 열심히 했더라면 내 눈앞에 보이는 게 20년 된 썩은 아파트이지 않았을 텐데 말이다.
 한 달 전, 성적표를 나눠 받을 때의 일이었다. 성적표를 받은 나는 애써 태연한 척해 보았지만 실은 별로 좋지 못했다.

100⋯
100⋯
97⋯.. 97?

 수학 시험 점수에 이것이 진정 사실인가 의문이 들고 눈이 잠시 휘둥그레졌지만, 언제 그랬냐는 듯이 애써 차분한 척해 보았다. 하지만 그날은 집에 가는 발걸음조차 막막했다. 내가 장학금을 받지 못하면 우리 집에선 나를 책임져주지 못하는 상황이었기 때문이다. 어린 시절부터 항상 나는 부의 부족함을 느끼며 살아왔었다. 가족의 사랑은 내게 충분했지만, 돈은 충분치 못한 평범하게 가난한 가족이었다. 부모님은 어려서부터 내 행복이 제일 중요하다 강조하셨었지만, 부모님에게 짐짝이 되어 이미 휘어져 있는 부모님의 등골을 차마 나로서 더 휘게 할 수만은 없었다. 그래서 어려서부터 남들과 달리 일찍이 철이 들어 내가 알아서 한 달에 만원도 채 되지 않는 용돈을 모아 문제집을 사기도 하였다, 당연히 학원에 다닐 만큼의 학원비 따위는 내게 존재하지 않았으며, 내가 학교에서 신고 다니는 실내화는 항상 닳아있기 마련이었다. 필기구를 살 돈이 없어 항상 짝의 것을 빌리곤 했다. 하지만 내 노력 탓인지 고등학교에 들어가자마자 받아야 했었을 장학금을 놓치고 만 것이었다. 이번 달 전기세조차 부모님이 벌어오시는 돈으로는 부족한 탓에 이번에 받을 장학금으로 메꾸려고 했었는데, 내가 장학금을 놓친 탓에 우리 집은 당장 내쫓겨날 참이었다.

 예상과 딱 들어맞게도 우리 집은 곧 20년 된 아파트로 이사 가게 되었다. 근방에선 여기가 제일 월세가 적었다고 했었던 것 같은데 실제로 아파트의 모습을 보니 당연하다는 생각이 들었다.
 하지만 내가 누군가. 내 이름 유준영 어렸을 때부터 이름에 걸맞은 삶을 살던 나였지 않는가. 초등학교 때의 내 별명은 왕재수. 중학교 때의 별명은 재수탱 이었다. 그도 그럴 것이 있을 유, 준할 준, 뛰어날 영. 이름이란 틀에 갇혀서 초등학교 때부터 줄곧 공부만이 내 길이라고 생각해 공부만 주야장천 해왔던 나였다. 물론 한 번도 전교 1등을 놓친 적이 없는 몸이란 말이다. 이런 20년 된 썩은 아파트 따위로는 내 인생을 막을 수 없을 것이다! 하고 나 혼자서 소리 없는 다짐을 했다.

 새로 이사 온 아파트에서의 층은 20층. 처음에 아파트를 보았을 때에도 왜 이렇게 높은 건가 싶긴 했지만 가까이서 보니 더 높은 것 같이 느껴졌다. 솔직히 쓸모없을 정도로 높은 것 같다. 아파트에 거주하는 사람들을 다 외우고 다녀도 머리가 아프지 않을 정도로 사람이 적다. 이 아파트에 거주하는 사람이나 거주하지 않는 사람들 모두가 하는 말들은 갖가지였지만, 말꼬리의 끝은 항상 이 아파트가 썩은 동아줄이라는 말로 끝이 났다. 동아줄은 귀하지만 썩은 동아줄은 쓸데가 없는 것처럼 이 아파트가 쓸모없다는 것을 비꼬아서 말하는 것이었다. 그도 그럴 것이 이 아파트의 주인인 주인 할아버지는 아주 까다로웠기 때문이다.
 눈은 금방이라도 튀어나올 듯이 찡그리고 있고, 입은 무슨 큰 고민이라도 있는 듯 볼 때마다 항상 오리주둥이처럼 댓 발 튀어나와 있고, 쓸데없는 자신감은 또 얼마나 높은 건지 남들 다 굽어져 있는 허리는 굽을 생각이 없어 보일 정도였다. 그런 주인을 가지고 있는 아파트여서 그런지 사람들이 대놓고 욕하지는 못하는 것 같았다. 물론 나는 주인 할아버지의 눈치를 볼 만큼 성격이 소심하지 않아, 주인 할아버지가 바로 몇 걸음 뒤에 있었을 때에도 들으라는 듯 대놓고 썩은 동아줄을 욕했던 적이 많았다. 이런저런 생각을 하다 보니 어느덧 엘리베이터는 20층에 도착해 있었다. 짐을 들고서 엘리베이터를 나왔다.

2003호. 이사한 집의 호수이다. 20은 모르겠지만 뒤의 3이 〈100-3=97〉을 떠오르게 해서 재수 없게 느껴졌다. 재수 없어 보이는 호수라서 마음에 썩 내키진 않지만 어쩔 수 없으려나. 들어와서 짐을 풀어헤치고 나니 겨우 잘 공간만 마련이 되었지만, 전에 살던 집과 마찬가지라 딱히 신경 쓰이진 않았다. 다음날부터 공부를 더 열심히 해야 하니 일찍 자야 했기에 나는 이불을 펴고 저녁도 먹기 전에 일찍 잠에 들었다.

다음날 아침부터는 어떻게 지나갔는지도 모르겠다. 일어나서부터 공부, 밥 먹고서 공부, 학교에서 공부, 다 끝내고 나니 12시. 이제 막 아파트에 들어와 엘리베이터의 버튼을 눌렀다.
1…2…3..
뭔가 이상했다. 버튼이 먹통이 된 건지 엘리베이터의 층수는 도저히 바뀔 생각이 없어 보였다. 나는 다시 한번 더 버튼을 눌렀다.
 1…2…띵- 하는 엘리베이터 작동음이 들리더니, 문이 곧 열렸다.

 엘리베이터 안으로 들어가서 20층의 버튼을 누르려고 하는 순간이었다. 엘리베이터에 타자마자 습관적으로 20층의 버튼을 눌렀지만 곧 의아해하며, 당황스러워 할 수밖에 없었다. 엘리베이터의 버튼이 보이지 않았기 때문이었다. 아니, 버튼은 있는데 버튼에 층수가 적혀있지 않았다. 당연히 엘리베이터는 그 상태로 멈춰있게 되었다. 당황하던 순간에 어디선가 목소리가 가늘어 여자아이쯤으로 상상되는 목소리가 들려왔다.

 "거울을 봐.."

 분명 엘리베이터에 나 혼자 있었단 사실을 인식하던 순간, 엘리베이터가 방전되어 불이 꺼져버렸다. 발끝에서부터 쥐가 나듯이 소름이 돋는 느낌을 받으며 곧이어 바닥과 뽀뽀를 하고 말았다.
 기절하고 나서 일어나 시계를 보니 시간은 아직도 12시에 멈춰있었다. 애써 거울을 무시하며 닫혀있는 문을 힘으로 열어보려 하였다. 분명 20년이나 된 썩은 동아줄이 이렇게나 튼튼한 엘리베이터를 가지고 있었을 줄이야.. 계산 실수다. 다시 머리를 굴려 이번엔 엘리베이터의 버튼을 한 번에 다 눌러보았다. 그러자 내가 무슨 잘못이라도 저지른 것인지 꿈쩍도 않던 엘리베이터가 잠시 흔들리더니, 거울이 빛나기 시작했다. 하지만 곧 거울이 정상으로 돌아오더니, 거울에 김이 서린 듯 하얀색으로

〈공식을 완성해 주세요.〉

 라는 글씨가 새겨져 있었다. 어떤 공식을 입력하라는 것인지 당황스러웠다. 공식도 여러 가지의 공식이 존재하기에 당황스러울 수밖에 없었다. 애당초 공식을 입력할 만한 창은 거울 어디에도 존재하지 않았다. 이 장소를 어서 빨리 나가야 한다는 생각으로 필사적으로 머리를 굴려보았다. 내가 어떤 행동을 저질렀을 때 이 거울이 이 지경이 된 것이었는지. 생각해 보니 나는 엘리베이터 버튼을 누르지 않았던가? 깨달음과 동시에 방전된 엘리베이터에 불이 들어오더니, 엘리베이터 버튼이 각각 무언가의 생명체가 된 듯 형형색색 빛나기 시작했다. 그 모습이 마치 어두운 밤 길거리에 혼자 빛나고 있는 가로등처럼 발광하고 있었다.

생각하기도 잠시 내 손은 엘리베이터 버튼에서 빛나고 있는 숫자들을 이용해 공식을 이미 입력하고 있는 중이었다. 공식이란 수학 시간이나 공부할 때나 지겹도록 보았던 것이 아니었는가? 답을 미리 생각해 두며 그 답이 나오도록 공식을 입력했다.

⟨ (-10) × [(8 ÷ (-4)) - 5] ⟩

 분명 답은 내가 생각하고 썼던 -20이 나올 텐데, 이런 간단한 식으로는 성에 안 찬다는 듯이 엘리베이터는 움직일 생각이 전혀 없어 보였다. 혹여나 내가 틀렸을까 봐 식을 여러 번 풀어보기도 했다. 하지만 곧 자포자기하고선 공식의 수준을 더 높여서 입력했다.

⟨f(x) = 5x^2 - 16x - 29⟩

 다시 입력한 공식 역시 수준만 높였을 뿐, -20이 나오도록 계산해 입력한 공식이었다. 하지만 어째선지 이 까다로운 엘리베이터는 여전히 성에 차지 않는다는 듯 문을 열어줄 생각이 없어 보였다. 그때, 나는 가방에 들어있는 수학 문제집이 떠올렸다. 방금도 이 엘리베이터에 타기 전, 학교에서 야자시간에 머리가 터지도록 문제를 풀었던 문제집이었다. 가방을 엘리베이터 바닥에 내려놓고서 문제집을 꺼내려던 찰나, 우연인 것인지 가방에서 그 문제집이 떨어져 나와, 자동으로 페이지가 펼쳐진 채 떨어져 있었다. 페이지는 97p로, 오늘 내가 풀었었던 페이지 중 하나였다. 이것이 무슨 우연인가 싶어 그 페이지를 자세히 들여다보자, 내가 생각해 두었던 -20이 나오는 공식문제가 존재하고 있었다. 어쩌면 엘리베이터가 원하는 공식이 이거겠구나 하는 생각으로 마지막이길 빌며 공식을 입력했다.

⟨$x^3 - 7x^2 + 14x - 20 = 0$⟩

우여곡절이 있었지만, 간단하게 -20을 완성해 냈다. 그러자 곧 엘리베이터가 움직이더니 띵- 하는 소리와 함께 엘리베이터의 문이 열렸다. 문이 열리자마자 뛰쳐나가려고 했지만, 정체를 알 수 없는 투명한 벽에 몇 번이나 부딪힐 뿐이었다. 이럴 거면 엘리베이터 문은 왜 열어 둔 걸까. 나 말고 다른 누군가를 위한 열림 공식인 건가 싶었다. 내 생각을 읽은 것인지 곧 엘리베이터 안에는 사람들이 생겨났다. 급하게 부장님의 전화를 받는 직장인이나, 나와 비슷한 또래로 보이는 학생, 유모차를 끌고 있는 엄마로 보이는 사람들이 생겨났다.

소리는 들리지 않았지만, 시각이 주는 청각의 예시본인 듯 내 귀에는 이 사람들의 소리가 마치 바로 옆에서 들리는 듯했다. 몇 초쯤 지났으려나, 유모차에 있던 아기가 손에 있던 장난감을 마구 흔들더니, 결국 장난감은 바닥에 떨어지고 말았다. 바닥에 떨어진 장난감을 줍기 위해서인지 아기는 혼자서 움직여 대더니 곧 떨어질 기세로 유모차에 아슬아슬하게 걸쳐져 있었다. 금방이라도 떨어질 것만 같은 위태로운 상황이다 싶어 아기가 떨어지면 받쳐줄 생각으로 손을 살짝 내리고 있었다.

3…2…1..

툭-

아기는 유모차 아래로 떨어졌다. 아기 엄마는 당황한 표정을 짓더니 아기를 안고서 바닥에 떨어져 있었던 장난감으로 급하게 달래준다. 나는 애써 변명을 해보았다.

'죄송합니다. 제가..'

무언가 이상했다. 아무도 나의 말에 관심을 가지지 않는 듯한 모습에 나 혼자만 다른 공간에 있는 사람인 마냥 괴리감이 느껴졌다. 마치 이 공간에서 나만이 존재하는 듯한 느낌, 차마 표현하기 조차 어려울 정도로 심한 괴리감이 느껴졌다. 또한 아무도 나의 행동에 관심을 가지지 않았다. 도저히 한 공간에 같이 있다는 생각이 들지 않을 정도였다. 아기를 건드려 보았다. 전혀 형태가 느껴지지 않앉다. 그제야 그 사람들의 생김새가 눈에 들어오기 시작했다. 형태를 미묘하게나마 알아볼 정도로 빛나고 있었다. 마치 거울에 김이 서린 듯한 것처럼 그 사람들은 곧 증발할 기세였다.

학생에게 말을 걸어보았다. 돌아오는 대답은 존재하지 않았다. 다시 뒤를 돌아 직장인으로 보이는 사람에게 말을 걸어보았다. 전화를 하고 있어 바빠서 대꾸를 못해준다는 느낌이 아니었다. 그건 정말로 들리지 않는 듯한 사람의 반응이었다. 내 눈앞에 있는 것이 정말 내가 지금껏 만나온 사람과 같은 생명체라고 부를 수 있는 건가? 라고 생각할 때쯤 사람들은 그새 김이 식어버리듯 증발해 버렸다. 이런 행동으로 나한테서 원하는 게 대체 무엇인 걸까. 대가를 원하지는 않는 건가?

내 생각조차도 끊겠다는 듯이 거울에 다시 〈공식을 완성해 주세요.〉라는 문구만 남겨져 있을 뿐이었다.

'정말 이 공간에서 나보고 영화라도 찍으라는 건가?'

처음엔 루프물 같은 건가 싶었다. 시간 여행 같은 그런 것인가 생각했지만 이런저런 쓸모없는 생각들이 걷잡을 수 없이 늘어나는 것만 같아서 머리가 아파진 나는 그만두기로 했다.

다시 엘리베이터 버튼 앞에 서서 공식을 입력했다.

$$y=-2(x-3)^2+8=-2x^2+12x-10$$

 내가 완성한 정답은 –10. 다시 엘리베이터가 움직이더니 곧 엘리베이터의 문이 열렸다. 역시나 이번에도 문밖으로 나갈 수는 없었다. 엘리베이터의 문 바깥에는 아무것도 존재하지 않았다. 그저 암흑만이 흘러넘치도록 보일 뿐이었다. 이게 만약 영화였다면, 갑자기 장르가 바뀐듯한 느낌이 들었을 것이라는 생각이 들 정도로 이 공간 자체에 대한 이질감이 느껴졌다. 엘리베이터에 귀가 달리기라도 한 것인지 엘리베이터 안에는 갑자기 어디서 나왔는지 정체를 모를 서늘한 냉기만이 맴돌았다. 어디서 느껴지는 냉기인가 싶어 주위를 둘러보았다. 내 시선이 곧 천장을 향하고, 그 아래에 있는 거울을 바라본 뒤, 더 아래에서 바닥을 둘러볼 때쯤, 이질감에 너무나 심취해 있었던 탓인지 언제 생겼는지도 모를 바닥에 있는 여학생과 눈이 마주쳐 기절하고 말았다.

"1…2…3.."
"슬슬 일어날 때가 된 것 같은데.."

 오랜만인지는 인식을 하지 못했으나 들려오는 말소리에 눈을 떠보았다가 다시 감았다. 방금 바닥에서 보았던 여학생이 바로 코앞에서 나와 눈을 마주치고 있었기 때문이었다. 갑자기 눈싸움이라도 하자는 건가? 하는 생각이 들며 자포자기한 심정으로 어느덧 따듯해진 바닥에서 일어나 눈을 다시 떴다. 역시나 아직도 그 여학생은 나와 눈싸움을 하고 있었다.

"이름?"
'네?'
"이름 말이야, 이름. 유..준영?"
'O,아니 귀신이세요? 제 이름을 어떻게'
"명찰"
'예?'
"명찰에 있잖아, 네 이름 세 글자 유준영"

엘리베이터에서 대화가 가능한 상대도 있었다는 사실에 놀랄 시간도 없이 사람인지 귀신인지 도저히 정체를 모르겠는 무언가가 입을 열어 다시 말을 하기 시작했다.
"내 이름 앤듀."
'앤듀? 그럼 한국 사람은 아닌 건가'
"앤듀 한국 사람 맞아. 이름만 앤듀야."
그 말을 끝으로 앤듀는 아무 말도 하지 않았다. 그저 내 옆에 서 있을 뿐.

'저기?'

'음.. 그러니까 앤듀?'

말을 거는 시도를 포기하고서 다시 시계를 바라보았다. 여전히 시간은 12시였지만 나는 아랑곳하지 않고서 다시 엘리베이터를 나가기 위해 공식을 입력했다.

⟨0⟩

공식을 입력하면 즉각 움직였던 엘리베이터가 감감무소식이었다. 어찌 된 영문인지 꿈쩍도 할 생각이 없어 보였다.

"때가 아니야"

'때가 아니라니?'

그 말을 끝으로 앤듀는 또다시 아무 말도 하지 않았다. 아까와 같이 그저 내 옆에 서 있을 뿐. 다시 공식을 입력하기 위해 머리를 굴려야만 했다.

⟨$f(x) = -6x^2 + 8x - 22$⟩

그렇다면 10은 어떨까? 엘리베이터가 작동하는 소리가

다시 들리더니 이윽고 엘리베이터 문이 열렸다. 이번에도 나가려고는 했지만 어째선지 이번엔 투명한 벽이 아닌 이질감이 날 가로막았다. 그 이질감은 엘리베이터에서 나왔다. 아까는 분명 내 머리 위로 축구공 5개는 올라갈 듯했던 높은 천장이 축구공 2개라도 들어가면 다행인 듯한 정도로 줄어들었기 때문이었다. 고개를 돌려 바로 옆에 있는 거울을 바라보았다. 내가 아닌 누군가가 거기에 서 있을 뿐이었다. 이건 대체 또 누구인 걸까, 애초에 내가 아닌 누군가에게 내 영혼이 들어갔다던지 한 것인가? 내가 이제는 유체 이탈을 당한 건가 싶었다.

"너야"
이게 내 모습이라고? 도저히 고등학생이라고는 보이지 않은 듯한 훤칠한 키와, 교복이 아닌 눈이 부실 정도로 광채가 나는 정장, 무엇보다 내 얼굴은 내가 지금껏 봐왔던 나라고는 믿을 수 없을 정도로 밝아 보였다. 이게 정말 나인 것인지 다시 한번 더 의심해 볼 수밖에 없을 정도로 못 믿을만한 상황이었지만, 이게 내 미래의 모습이라는 것에 현혹되었다.
'나.. 진짜 성공했구나. 취업도 한 거고.'
엘리베이터의 문이 닫히고, 거울에 비치는 내 모습은 다시 칙칙한 고등학생의 모습으로 바뀌었다. 이게 정말로 시간 여행을 하는 엘리베이터라는 내가 세운 가설이 혹시나 맞는다면, -는 그만큼의 과거를 보여주는 것이고, +는 그만큼의 미래를 보여주는 걸까. 1이 뜻하는 건 1년인 것이고. 그렇다면 말이 된다. 이 가설이 성립한다면, 방금 나는 10년 후의 날 본 것이 되는 거니까. 만약의 수에 대한 가설을 내보자마자 내 손은 다시 자동으로 움직여 공식을 입력하고 있었다.

$\langle a^2+m^2 = (-2)^2+4^2 \rangle$

이윽고 20에 다다르고, 한껏 기대한 표정으로 거울을 보며 엘리베이터 문이 열리기만을 기다렸다. 이윽고 엘리베이터 문이 열리고, 도저히 믿기지 않을 광경을 볼 수밖에 없었다. 엘리베이터 거울에 비친 내 모습은 -20에서 만난 사람들의 형태와 같았기 때문이었다. 내 모습이라곤 도저히 믿기지가 않았다. 공부만 해왔던 나에겐 하루하루가 부족했었기에 나에게 있어서 10년은 고작이라고만 생각했었는데 내 생각보다 나 자신에게 있어서 10년은 긴 시간이었던 건가?

"너 죽은 거야."

나는 더 미래의 나를 만나기 위해 다시 공식을 입력할 수밖에 없었다.

⟨$f(x) = -6x^2 + 2x + 62$⟩

 답을 계속 10씩 늘려 공식을 아무리 입력해 보아도 내 모습은 변하지 않았다. 마치 답이 도저히 나오지 않는 수학 공식에 갇힌 듯한 느낌이 들며, 벗어날 수 없는 굴레에 갇힌 것만 같았다. 내가 정말 죽어서 이렇게 된 것이라면, 내가 죽게 된 사유라도 미리 알고 싶었다.
'내가 정말 죽은 거라고? 왜? 아니 어떻게?'
"응, 너 정말로 죽었어. 첫 출근날에 퇴근하다 차에 치여서"
'내가 정말 죽은 거라면, 대체 왜? 지금껏 공부를 그만큼이나 했으면 이제 좀 행복할 수도 있는 거 아냐? 내가 이기적인 건 아니잖아..'
"공부가 인생의 전부는 아니지만, 거울은 인생의 전부가 될 수 있거든."
 시계를 다시 바라보았다. 시계의 초침은 아직도 12시를 가리키고 있었다. 화가 치밀어 올랐다. 어째서 만난 지 얼마 지나지 않았을 뿐인, 이 엘리베이터가 아니었다면 서로의 정체도 인식 못했을 사람이 내 인생에 대해 저렇게 간단하게 한 문장으로 만들어 낼 수 있는 것인지에 대해서. 어째선지 나도 모르게 나 자신에게조차도 화가 나는 것만 같았다. 어째서 그동안 나는 공부만 해 온 것일까.

가족을 위한답시고 나 자신을 버리는 행동을 나는 반복해왔던 것일 뿐인가? 그렇다면 지금까지 해왔던 모든 것들이 의미가 없는 행동이었을까.

"세상에 의미 없는 행동 따위는 없어. 그 행동에 담겨 있는 네 마음이 중요한 거지."
 결국엔 그랬던 건가. 거울에 담겨 있는 내 모습을 쫓다가 결국 거울 뒤편에 있는 내 모습을 놓치고 만 것이었던 거였나. 정말로 미래의 나는 죽을 운명이었던 거구나. 깨닫는 순간, 다시 거울을 보았다. 거울엔 하루 온종일 공부를 해 피곤하고 지친 기색이 역력해 보이는 평범하기 그지없는 고등학생이 서 있을 뿐이었다. 초라하고, 우울하고, 저 밑바닥의 모습만이 보일 뿐이었다. 나는 손으로 입꼬리를 잡아 올려보았다.
'나는 웃는 모습이 참 어울리는구나.'
 새삼 내 얼굴을 보고서 이제야 깨닫는구나 싶었다. 너무 늦은 건 아닌가 싶었지만, 1년이라도 더 빨리 공부가 인생의 전부는 아니었다는 걸 알아챈 게 어딘가. 그제야 뒤편의 거울을 보고서 다시 공식을 완성해 나갔다.

    ⟨0⟩

엘리베이터는 마치 마지막인 것을 알고 있는 듯 아쉽다는 듯이 작동을 이어갔다. 엘리베이터 도착 소리와 동시에 문이 열렸다.
 그 순간,

"기억해. 공부가 인생의 전부는 아니지만, 거울은 인생의 전부가 될 수 있다는 말"
'너는 누구였어?'
'우린 이미 구면이잖아.'

 그제야 앤듀가 했었던 말을 이해할 수 있었다. 그건 어릴 적의 내가 실제로 했었던 말이었으니까. 나와의 작별을 끝내고서 엘리베이터를 나왔다. 아파트의 로비, 내가 엘리베이터를 처음 탔던 1층이었다. 밖을 보니 어째선지 주변이 더 밝아져 보였다. 시계를 보니 어느덧 새벽 3시였다. 하필 또 3인 건가.. 하루 종일을 같이한 것만 같은 숫자로써 어쩌면 고마운 숫자기도 한 것만 같았다. 나는 다시 엘리베이터에 올라타 20층의 버튼을 눌렀다.
 1…2…3.. 띵-
 엘리베이터 작동음이 들리더니, 이윽고 문이 열렸다. 피곤하지만 즐거운 마음으로 엘리베이터를 나와 말했다.
"안녕 20의 나"

썩은 동아줄

엘리베이터

아름다운

#외로움이 시작되는 시점

 내 이름은 미소다. 호기심이 많고 말보다는 행동이 앞서며 혼잣말이 많은 편이다. 따뜻한 마음씨가 빛나며 상냥하고 아름다운 엄마와 같이 살았었다.

 18살 적 한겨울, 한적한 시골에서 살 때, 엄마와 매일 아침 마시는 맑은 공기, 밤하늘에 반짝 빛나는 무수히 많은 별들은 한 장면처럼 떠다녔다. 한없이 조용하고 잔잔한 분위기였던 거 같다.

 '그런 분위기 때문이었을까?'

 외로움을 탄 적이 많았던 거 같다. 친구도 별로 없고 취미도 없던 나는, 멍하니 창문을 바라보며 사람들을 구경할 때도, 밥을 만들고 혼자 먹었던 그 모든 순간까지도.

#밝은 미소가 시작되는 시점

 주변에는 과일 가게와 꽃집, 2층까지 있는 소규모의 직사각형 모양인 병원 등 다양한 건물들이 많았다. 평화롭게 지내던 어느 날, 주위에서 어떤 소문이 떠돌기 시작했었다. 그 소문은, 소규모의 병원은 겉으로는 엄청 알록달록하며 빛나고 아름다운 건물인데 안으로 들어가면 이상하게 거울이 무척 많다. 사람들이 별로 없는 거 같은데 거울은 반짝일 정도로 깨끗하다.

1층은 접수하고 기다리는 곳이며 2층에는 진료를 받는 곳인데 누군가 진료를 받는 걸 아무도 보지 못했다는 얘기가 들려왔었다. 싸한 느낌에 속마음이 튀어나왔었다.
"절대 아프면 안 되겠다."
'여름 감기는 개도 안 걸린다는데'

 나는 오늘부터 개인 건가. 감기에 걸려버렸다. 하루 종일 누워있을 정도로 아팠다. 꺼림직한 느낌에 가고 싶지 않던 소규모 병원, 다른 병원에 가기에는 너무 멀어서 어쩔 수 없이 가게 되었었다. 1층에서 접수를 마친 후 2층으로 가기 전 어떤 간호사가 나를 꽉 붙잡으며 말했었다.
 "우리 병원은 계단이 없어서 무조건 오른쪽에 있는 엘리베이터를 이용해 주세요."

 딱히 대수롭지 않게 넘어가고 2층 진료실에 가기 위해 엘리베이터를 탔었다. 버튼이라고는 1, 2층을 가리키는 버튼과 열림 버튼, 닫힘 버튼밖에 없었다. 2층 버튼을 누른 후 기다리는데, 문이 한동안 열리지 않았다. 설마 했지만, 엘리베이터에 갇혔다. 열림 버튼이 닳도록 누르고, 힘을 써서 나가려고 했지만 어림도 없었다. 솜사탕처럼 부드럽고 가볍게 녹아드는 것처럼 정신을 잃어버렸었다.

아침인지 저녁인지 구별도 정도만 되는 새까만 배경만이 주위를 둘러싸고 있는 채 풍경을 바라보며 혼자 우뚝 서 있다. 허허벌판을 바라보니 투명한 물방울처럼 빛나는 익숙한 형태가 보인다. 엄마의 모습이 흐릿하게 지나간 것도 까먹은 채 너무나 아름다워서 눈을 동그랗게 뜨고 시선을 뗄 수 없다. 반짝이는 눈동자로 빤히 바라보니 익숙한 형태는 어디선가 본 직사각형을 닮았다. 그곳을 향해 나도 모르는 사이 내 발이 멋대로 살금살금 걸어가고 있었다. 호기심을 자극한 직사각형 앞에 도착했을 때는 멀리서는 보이지 않던 밤하늘에 반짝 빛나는 무수히 많은 별들처럼 보이는 문이 눈에 들어왔다.

 직사각형 안으로 들어간 순간 문이 닫혔다. 갑작스럽게 닫힌 문에 심장이 땅속 깊이 떨어지는 줄 알았다. 내부는 특별한 경험을 속삭여 알려주듯 황홀한 감정이 가득 차 있었다. 이곳에는 두 가지의 특이한 점이 있었다. 첫 번째로는 모든 면이 눈이 부신 거울로 가득 채워져 있었다. 거울을 바라보니 내 모습은 직사각형과 상반된 칙칙하고 어두운색을 띠고 있었다. 두 번째로는 아름답고 알록달록한 것도 맞지만 1, 2라고 쓰여있는 버튼이 있었다. 마치 엘리베이터 구조와 비슷했다. 무의식으로 1층 버튼을 누르는 순간, 문 쪽으로 발을 내디뎠다. 자석에 이끌려 가듯이 나의 의지와 상관없이 나와졌다. 뒤를 돌아보니 직사각형은 흔적도 없이 사라졌다. 황홀했던 직사각형이 벌써 그립다.
'나오지 말 걸 그랬나?'

 직사각형의 밖을 나오니 아까와는 다른 과일 가게와 꽃집 등 다양한 건물들이 있었다. 비록 투명하더라도 오랜만에 보는 거 같은 다양한 색상들을 하나하나 꾹꾹 눌러 담아 소중히 눈 속에 담았다. 길거리에는 무수한 반주들이 즐거움과 함께 도미노처럼 흘러내렸다. 맑은 공기들을 들이마시고 내쉬며 자유로운 시간을 즐겼다. 하늘을 바라봤을 때 밝았다가 점점 어두워지는 걸 보니 벌써 시간이 많이 지난 거 같다. 딱히 한 거라고는 없었다. 시간이 가는 줄도 모르고 구름과 함께 있는 새파란 행복의 끝을 향해 달려가고 있었다.

 머릿속에서 투명한 물방울처럼 반짝 빛나는 직사각형이 떠나가질 않았다. 다시 한번 더 찾아와준다면 반갑게 맞이해줄 자신이 있는데... 옛 기억을 되살려 직사각형 형태를 종이에 끄적였다. 그리면 그릴수록 아무래도 엘리베이터를 닮은 거 같다.
'다음에 또 보게 된다면 꼭 확인해 봐야겠다.'

얼마 되지 않아서 탁한 빛을 빛내는 낡은 직사각형이 보인다. 그 모습을 보니 외로움에 잡아먹힌 내가 생각났다. 처음에 봤던 투명한 물방울처럼 빛나는 직사각형과 다른 느낌을 받았지만 궁금한 걸 참을 수 없었던 나는 홀린 듯이 안으로 들어갔다. 순간, 틀림없이 이건 엘리베이터라는 생각이 머릿속을 찔렀다. 저번에 봤던 투명한 물방울처럼 빛나는 엘리베이터와 지금 들어온 낡은 엘리베이터는 똑같이 생겼다. 하지만 다른 점도 있었다. 아까 본 거울과 똑같이 생겼지만, 거울이 매우 지저분했다. 내부 또한 엄청 좁았다. 심지어 불쾌하고 답답하며 싸한 기분이었다. 그뿐만이 아니다. 처음 보는 -1이라는 버튼이 있었다. 누르면 큰일이 날 것 같다는 걸 직감했다.

나가려고 시도를 안 해본 거는 아니다. 문을 사이로 두고 벽이 느껴지는 것처럼 밖으로 나갈 수 없었다. 내키진 않았지만, 혹시나 하는 마음에 -1이라는 처음 보는 층수를 눌렀다. 거울 속에 나는 서서히 색을 잃어가고 있었다. 낡은 문이 열리고 자석처럼 끌려 나왔을 때는 투명하게라도 보였던 색상들이 사라져 가는 장면이 눈앞에서 펼쳐지고 있었다. 마치 모래를 한 움큼 쥐었지만, 손가락 사이사이에서 스르륵 빠져나가는 것 같았다. 결국에는 아무것도 남지 않은 손안에는 나의 눈물만 담을 뿐이었다. 눈물로 가득 찬 손을 가지고 또 하염없이 걷는다. 모든 걸 잃은 표정으로, 아무것도 없는 넓은 평지를 바라보면서. 한 발짝.. 두 발짝.. 걸을수록 손안에 있는 눈물이 바닥으로 흘러 내려간다.

 노란색을 띠운 따뜻한 햇볕인 행운과 파란색을 가진 아름다운 바다에 요동치는 파도인 행복이 섞여서 눈이 편안해졌다. 방심한 틈을 타 노란 행운과 파란 행복이 섞여서 초록색을 지닌 불행을 만든 것이다. 초록색의 불행이 좋다면 거짓말이다. 따뜻한 행운과 아름다운 행복을 만나기 위해서는 어쩔 수 없다. 한동안 불행이 찾아왔으니, 행운과 행복이 와주길 기다렸다. 순서를 지킨다면 행운이 찾아와 행복이 되어주고 둘이 섞인 후에 불행이 오는 걸 반복해야 하는 거 아닌가? 왜 한동안 노란색과 파란색이 찾아오지 않았던 걸까.. 그렇게 하염없이 시간이 흘렀다.

 한참 동안 고민하던 때, 투명한 물방울이 뭉쳐 한 층 더 예뻐진 조개 속에 있는 진주알처럼 직사각형 형태의 엘리베이터가 보였다. 이 엘리베이터에서는 따뜻하고 아름다운 엄마의 모습이 보여 나의 눈가를 촉촉하게 했다. 행운은 달팽이보다 느리게 도착했다. 어떤 사람들이든 행운을 원하지 않는 사람은 본 적이 없다. 행운은 나에게 오기까지 다른 사람들에게도 선물을 주느라 늦었나 보다. 나는 놓치기 전에 엘리베이터 안으로 들어갔다. 그전과는 비교할 수 없었다. 모든 걸 초월한 내부였다. 한껏 부푼 마음으로 엘리베이터라는 장소를 마음껏 즐겼다. 저번과 다른 점이 있다면 이번 엘리베이터에는 2층 버튼만 있었다.
 1층은 왜 없는 걸까? 골똘히 생각해 봤다. 얼마 전에 1층을 눌러서 사라진 건가? 꽤 가능성 높은 생각이었던 거 같다. 덩그러니 있는 2층 버튼을 눌렀다. 기억을 되짚어 보니 그전에 본 엘리베이터들과 같은 거울이 있었다. 반짝일 정도 깨끗한 거울이었다. 거울 속에 나의 모습이 불투명하게 알록달록한 색상들로 채워지고 있었다. 마치 밑그림이 그려져 있는 종이에 진하게 색칠하는 것처럼 말이다. 그 순간, 미세하게 익숙한 목소리가 들렸다.

"의사 선생님, 우리 미소 언제쯤 깨어날 수 있을까요..?"

 차마 의사는 엄마의 말에 대답하지 못했다.
 허탈한 엄마는 새끼손가락보다 작은 희망의 끈을 놓지 못했다. 금방이라도 미소가 깨어나 다정하게 엄마라고 부르며 다가올까 봐.

행운과 행운이 섞여서 불행이 되는 삶에서 불행이 지속된다면 기다린 만큼 거대한 행운과 행복이 한꺼번에 찾아올지도 모른다.

.

.

.

 "엄마..?"

아름다운 엘리베이터

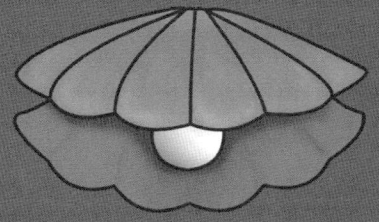

☀ 7/25

나의 꿈에서는
향기가 난다.

⟨봄에 남겨진 우정 반지⟩

18살의 소설 작가, 최지현입니다.
이 소설은 제가 처음으로 도전한 스릴러 장르의 작품입니다. 어릴 적부터 스릴러 영화에 흥미가 있었고, 그로 인해 인간의 본성과 어둠에 대한 호기심이 생겼습니다.

이 소설은 한 소녀의 이야기를 다루고 있습니다. 그녀의 이름은 세연입니다. 세연이는 어릴 적 자신의 할머니가 싸늘한 주검으로 발견된 상황으로 인하여 시체가 부패되는 이상한 냄새를 감지할 수 있게 되는 계기가 생기며, 문방구 안에서 나오는 그 냄새가 시체 부패 냄새와 연결되어 있다는 것을 알게 됩니다. 자신의 예민한 후각으로 인해 친구의 죽음도 목격하게 되어 미스터리한 연쇄 살인사건을 세연이가 직접 풀어나가는 소설입니다.

이 소설은 세연이의 추리와 함께, 그녀의 주변 인물들과의 관계, 그리고 어둠 속에서의 사투를 그려내고 있습니다. 스릴러 장르의 특징인 긴장감과 예측 불가능한 전개를 통해 독자들에게 몰입감과 긴장감을 전달하고자 했습니다.

또한, 인간의 어둠과 본성에 대한 탐구를 담고 있습니다. 세연이는 범죄를 해결하면서 자신의 내면과 마주하게 되고, 그 과정에서 자신의 어둠과 싸워야 합니다. 이를 통해 독자들에게 인간의 복잡한 내면과 어둠에 대한 생각을 일깨워주고자 합니다.

이 소설은 스릴러 장르를 좋아하는 독자들에게 흥미로운 이야기를 선사할 것입니다. 세연이의 추리와 미스터리를 통해 독자들은 긴장감을 느끼며 동시에 인간의 본성과 어둠에 대한 생각을 할 수 있을 것입니다.

마지막으로, 이 소설을 읽는 모든 독자들에게 특별한 경험을 선사할 수 있기를 바랍니다. 스릴러 장르의 재미와 긴장감과 함께, 인간의 본성과 어둠에 대한 생각을 일깨워주는 이 소설을 통해 독자들이 새로운 시각을 얻을 수 있기를 기대합니다.

〈나의 꿈에서는 향기가 난다〉

안녕하세요. '나의 꿈에서는 향기가 난다'의 이야기를 쓴 윤진서입니다. 이 글을 처음 쓸 때 걱정이 많았습니다. 잘 해낼 수 있을까 싶었거든요. 그러나 언제부터 인지 이 글에 애정을 품고 써 내려가는 제가 보였습니다. 항상 꿈에 대한 이야기를 써보고 싶었습니다. 꿈이 또 다른 세계일 수도 있다고 생각하거든요. 꿈이란 너무나 신비로운 것 같습니다. 현실에서는 이루어질 수 없는 것들이, 간절히 바랐던 것들이 우습게도 꿈에서는 이루어지곤 하니까요. 이야기에서 등장하는 시온은 꿈이라는 세계에 사는 신입니다. 시온은 힘든 삶을 살아가는 서린을 위해 꿈에 등장해 행복을 심어줍니다. 덕분에 서린은 꿈에서 잠시나마
숨을 쉴 수 있었죠. 이 글을 써 내리면서 내 꿈에도 신이 살고 있을까 생각했습니다. 이 글을 읽고 있는 분들의 꿈에도 신이 살고 있을까요?

직접 스토리를 창작해 책으로 출판하는 건 이번이 처음입니다. 어색한 부분이 많이 보이겠지만 살면서 한 번쯤은 해보고 싶었던 일인지라 값진 경험이었다고 생각합니다.

도움을 주신 모든 분들께 감사의 말씀을 전합니다.
이만 말을 마치도록 하겠습니다.
늘 행복한 꿈만 꾸시길 바라며.

〈일기〉

사랑하는 독자 여러분께,

 저의 소설 〈나의 꿈에서는 향기가 난다 - 일기〉를 마무리하며 이 작가의 말을 전하고자 합니다. 우선, 이 소설을 읽어주신 것에 감사드립니다.

 이 소설은 제가 18살 때 썼던 로맨스 소설입니다. 27살 여자의 솔직하고 현실적인, 조금은 답답함이 담긴 이야기를 전달하고자 노력했습니다. 소설 속 여자주인공은 단순한 호기심에서 시작해 같은 아파트에 사는 남자를 짝사랑하게 됩니다. 처음에는 조심스럽다가 친해지면서 자신의 이야기를 더 많이 하면서 좋아하는 감정이 커지는 것을 느끼게 됩니다. 이를 통해 인간관계에서 재고 따지는 것이 꼭 나쁜 것만은 아니라는 것을 강조하고자 했습니다. 모든 사람은 자기 자신의 입장에서 생각하고 바라보기 때문에 내가 상처받지 않기 위해 나를 먼저 생각하게 됩니다. 저는 이러한 점이 이기적이고 나쁜 것이 아니라는 점을 이야기하고 싶었습니다.

 이야기를 쓰면서 저는 많은 감정을 경험했습니다. 희망

과 불안, 기뻐함과 아픔이 교차되는 순간들을 겪으며 캐릭터들을 만들어나갔습니다. 그들의 이야기가 여러분들에게 감동을 전달할 수 있기를 진심으로 바랍니다.

 마지막으로, 〈나의 꿈에서는 향기가 난다 – 일기〉를 읽어주신 독자 여러분들께 다시 한번 감사의 말씀을 전하고 싶습니다. 여러분들의 응원과 사랑이 저에게 큰 힘이 되었습니다. 앞으로도 함께 이야기를 나누고 소통할 수 있기를 기대합니다.

 감사합니다.

⟨썩은 동아줄⟩

 말을 시작하기 전에, 먼저 독자 여러분들께 감사 인사드립니다. 소설 '나의 꿈에서는 향기가 난다'에서 '썩은 동아줄'을 쓴 18살, 김나경입니다.

 사실 저의 소설은 개인적으로 우여곡절이 많았던 소설이었습니다. 작 중 등장했던 '앤듀'라는 인물은 사실 처음 시나리오를 작성할 때엔 주인공의 어린 시절이 아닌, 과거 엘리베이터에서 추락 사고로 인해 죽었던 주인 할아버지의 주인공 또래의 딸이라는 설정이었는데, 작품을 써 내려가다 보니 시체가 불가피하게 나오게 되어 장르가 변질된다는 느낌을 크게 받아 '앤듀'라는 인물을 주인공의 어린 시절로 투영해 보았습니다. 그로 인해서 작 중 '앤듀'의 등장이 불가피하게 부자연스러운 모습으로 표현되면서 의문을 가지신 부분이 어느 정도는 있으셨을 것이라 예상되어, 그 점이 참 아쉬웠습니다.

 소설을 작성할 때에 걱정을 많이 했던 것 같습니다. 수학 공식의 공식도 모르는 상태에서 더군다나 소설조차도 처음 써보는 것이었기에, 많은 것들을 모르는 허허벌판의 상황 속에서 저만의 이야기를 작성하는 상황이 저에게 두

려움과 걱정으로 다가왔던 것 같습니다. 하지만 이런 저희를 도와주셨던 고마운 분들이 계셨기에 싹을 틔워 지금 이 책을 출판할 수 있게 되었던 것이라 생각합니다.

내용 작성에 창의성을 더 해주셨던
김형창 미술 선생님께

이 책을 출판하는데에 제일 큰 도움을 주셨던
김지선 작가님께

더욱 넓은 세상을 보는 마케팅을 가르쳐 주셨던
이창준 대표님께

소설과 저의 말을 읽고, 들어주신 독자 여러분들께
감사인사 드리며 마치겠습니다.

안녕 18의 나

〈아름다운 엘리베이터〉

아름다운 엘리베이터 소설을 쓴 선일 빅데이터 고등학교에 재학 중인 이아람입니다. 중학생 때는 일이 잘 풀리지 않던 불행한 날들의 연속이었습니다.
고등학생이 되고 1년이 지나갈 무렵 소설을 쓸 수 있는 기회가 생겼습니다. 생각지도 못한 곳에서 얻은 행운과 소설을 쓰면서 느끼는 행복이 달달한 달고나처럼 부풀었습니다.

오랫동안 자리를 지키고 있던 점점 커지는 꿈, 작가.
이 글을 읽으신 모든 분들이 희망을 잃지 않고 도전을 통해 더 많은 기회를 잡을 수 있으면 좋겠습니다. 비록, 도전을 실패하더라도 두려워하지 말고 그저 올라가는 계단으로 바뀌었으면 합니다.

행운 같은 기회와 힘나는 응원을 해주신,
김형창 미술 선생님
색다른 아이디어와 더 나은 소설을 위해 힘써주신,
여행작가이자 새벽감성 대표님인 김지선 작가님
넓은 마케팅 세상과 제작 방법을 알려주신 ,
이창준 허블스페이스 대표님

진심으로 감사드립니다.

〈닫는 글〉

 엘리베이터 문이 닫히며 다섯 명의 사람들은 각자의 길을 향해 걸음을 내디뎠습니다.
 이야기는 이 도시와 주민들 사이에 전해져, 그들의 마음속에도 새로운 엘리베이터 이야기가 태어났습니다. 그리고 또 다른 이들에게 전해져 계속되었습니다. 새로운 이야기의 시작이었습니다. 많은 이야기와 인연이 펼쳐지는 것을 알게 된 이들은 이제 더 이상 저 엘리베이터를 그저 '엘리베이터'로만 바라보지 않았습니다.

 이 소설은 언제나 사람들의 이야기와 꿈을 안아주며, 새로운 시작을 응원합니다. 엘리베이터는 단지 하나의 공간이었지만, 그 안에서 우리는 인연을 맺고 성장하며, 새로운 길을 찾아갈 기회를 얻었습니다. 이제 우리는 문이 닫히는 그 순간을 맞이하며, 미래를 향해 나아갈 용기와 희망을 갖고 일어섭니다. 마지막 장면은 우리가 만들어갈 이야기의 시작을 알립니다.

 마지막 장은 닫히는 문 뒤에 숨겨진 새로운 세계의 문이 열리는 시작이자, 우리의 이야기의 첫 페이지입니다.
 엘리베이터의 문이 닫히며 닫는 글 마침.

나의 꿈에서는 향기가 난다

1판 1쇄 발행 ｜ 2024년 3월 2일

지은이 ｜ 김나경, 임가연, 윤진서, 이아람, 최지현

기획, 편집 ｜ 최지현, 임가연, 윤진서
디자인 ｜ 이아람
표지 일러스트 ｜ 김나경

지도교사 ｜ 김형창
총괄 ｜ 안재민
발행인 ｜ 김지선
펴낸 곳 ｜ 새벽감성, 새벽감성1집
출판등록 ｜ 2016년 12월 23일 제2016-000098호

*이 책은 중소벤처기업부 중소기업특성화고 인력양성사업
프로젝트의 일환으로 제작하였습니다.
*책값은 표지에 있습니다.
*잘못된 책은 구입처에서 교환해 드립니다.
*이 책의 사진과 글의 전부 또는 일부를 발췌하거나 인용하려면
반드시 새벽감성 출판사의 동의를 얻어야 합니다.